GLÜHWEIN
CRÊPES
SCHLITTSCHUHLAUF
SCHMUCK
MANDELN
BOWLS
STRICKWAREN
EIERPUNSCH
SÜßIGKEITEN
SPIELZEUG
KERZEN
SCHOKOLADE
GLAS

W0412639

Feliz Navi DEAD

Auf dem Weihnachtsmarkt

Für:

LAPPAN

WIE ALLES BEGANN ...

X-MAS

Es ist einer dieser Tage, an denen die eisige Luft nach gebrannten Mandeln riecht und die ersten Glühweinleichen über das kalte Pflaster der Altstadt taumeln.

Das rege Treiben auf dem St.-Petrus-Weihnachtsmarkt wird schlagartig unterbrochen, als eine quiekende Kinderstimme feststellt: ***„Den Weihnachtsmann gibt's ja gar nicht … mehr!"*** Stimmt, dieses Jahr müssen die Eltern die Geschenke wohl selbst kaufen, denn der Weihnachtsmann liegt in einer tiefroten Lache, die nun langsam beginnt, sich über den Marktplatz zu schlängeln.

Der Bart ist verrutscht, den sonst so rosigen Wangen ist jede Farbe entwichen und seine toten Augen blicken ins Leere. Hat der Laien-Darsteller statt Milch und Keksen etwa einen auf die Weihnachts-Elf bekommen? Oder ist er nur sehr unglücklich gestürzt? **So oder so ist das kein Anblick für Kinderaugen!**

„Timmy …", flüstere ich. Das Kind schaut mich fragend aus seinem dicken Anorak an, auf dem ein großes Zeichentrick-Nutria prangt. Sein ganzer Stolz. ***„Wir wollten doch einen schön heißen Kinderpunsch trinken."*** Ich versuche ihn abzulenken und gleichzeitig in seinem Gesicht zu lesen, ob er das Gesehene einordnen kann. Er lächelt zustimmend zurück. Noch bevor die rote Suppe die Klettschuhe des Jungen erreicht, machen wir uns auf den Weg zum Glühweinstand.

Wo eben noch schockierte Stille herrschte, bricht nun Panik aus: ***„Ist hier ein Arzt!?"*** Die Marktbesucher stehen dicht an dicht. Eine Mutter ruft verzweifelt: ***„Was sollen wir denn jetzt bloß machen?"*** Drei Kinder mit langen Wunschlisten in den Händen zerren ungeduldig an ihr herum. ***„Denkt denn niemand an die Kinder?",*** fragt ein anderer mit zitternder Stimme.

Wir quetschen uns in entgegengesetzter Richtung durch die Menschenmasse, die zum Tatort eilt. Vorbei an einem Polizisten, der die aufgebrachten Marktbesucher zu bändigen versucht: ***„Hier gibt es nichts zu sehen!"*** Ich wünschte, seine feste Stimme wäre im Recht. Dann müsste ich mir jetzt keine Erklärung einfallen lassen, was dem Weihnachtsmann wohl passiert sein könnte. Denn Kinder stellen Fragen. Und Kinder wollen Antworten. Aber Kinder kann man auch leicht ablenken …

„Hach, was freue ich mich auf den Punsch! Und für Oma gibt's einen mit extra Wumms für Erwachsene", trällere ich und füge nuschelnd hinzu: ***„Nach dem Anblick sogar einen mit doppelt Wumms."***
Ich führe den Jungen schnell am Spielzeugstand vorbei und lenke ihn mit einem billigen Trick ab, als wir die Bude mit den kandierten Äpfeln erreichen: ***„Schau mal nach oben. Fängt es etwa an zu schneien?"*** Beides ist viel zu nah am toten Santa, der noch immer neben seinem leeren Sessel liegt. Im schlimmsten Falle könnte das Kind von hier aus zusehen, wie der Weihnachtsmann in einen schwarzen Sack gesteckt und abtransportiert wird. Nein danke!

Während meine Augen über die Budenschilder flitzen, frage ich mich, was ihm wohl passiert ist. Ein dummer Unfall? Oder ein kaltblütiger Mord? Nein, doch nicht im schönen Ossenbrügge! Doch nicht auf dem historischen Weihnachtsmarkt vor dem Dom St. Petrus! Ich schüttle den Kopf, als könnte ich so vergessen, was passiert ist. Und endlich, ein Mann, der Glühwein ausschenkt! Er lacht mich an.

Also, nicht der Mann. Der Glühwein. Der Budenbetreiber sieht aus, als würde er nie lachen. Ich bestelle, ohne das eben Gesehene zu erwähnen. Timmy soll den Vorfall vergessen. Wahrscheinlich hat er das schon. Der Marktmann gibt dem Kind seinen Früchtepunsch. Timmy bedankt sich und flüstert ihm zu: ***„Es ist etwas Schlimmes passiert."***

HILF OMA UND TIMMY, DAS RÄTSEL UM DEN TOTEN WEIHNACHTSMANN ZU LÖSEN. DAZU DARFST DU JEDEN TAG IM ADVENT EIN NEUES MARKTSTAND-TÜRCHEN ÖFFNEN, UM AN WEITERE HINWEISE ZU GELANGEN. WELCHER MARKTSTAND ALS NÄCHSTES BESUCHT WIRD, ERFÄHRST DU DURCH HINWEISE IN DER GESCHICHTE. AUSSERDEM IST DIE ZAHL DES TÜRCHENS IRGENDWO IM BILD VERSTECKT.

WIR STARTEN AM 1. DEZEMBER BEI GÜNNIS GLÜHWEINTRAUM.

Günni's Glühweintraum
RUM

01 GÜNNIS GLÜHWEINTRAUM

„Wat is passiert?!“ Der Standbetreiber kneift die Augen zu zwei messerscharfen Sehschlitzen zusammen, als könne er so besser hören. Dem Budenschild nach sprechen wir hier mit **Günni, einem vollbärtigen Mann,** den man vom Typ her eher auf einem Kutter als hinterm Tresen einer Glühweinbude vermuten würde. ***„Den Weihnachtsmann gibt es nicht mehr!“,*** wiederholt das Kind in gebrülltem Flüstern. Es zeigt mit ausgestrecktem Zeigefinger im Fäustling hinter sich und fügt verschwörerisch hinzu: ***„Also, nicht den echten.“***

Mein Enkel weiß Bescheid. Der echte Weihnachtsmann hat gar keine Zeit, hier in unserer verschneiten Altstadt auf dem Weihnachtsmarkt jedem einzelnen Kind Audienz zu gewähren.

Günni scheint überrascht: ***„Ach ja, nee, der arme Klaus. Schorsch sachte, der hätte sich da hingemault. Aber is wohl wat ernster, oder wie?“***

Der Buschfunk läuft also bereits. Das Kind im Blick, sage ich in meiner großmütterlichen Weisheit: ***„Ja, ja, er ist nur hingefallen. Ein Pflaster, einmal pusten und dann ist der wieder fit.“*** Dabei schüttle ich, nur für den Glühwein-Experten sichtbar, den Kopf und fahre mir kurz mit dem Finger von links nach rechts über die Kehle. Günni schluckt. Günni nickt.

Tja, der Weihnachtsmann ist tot. Das ist ein Stimmungskiller. Wir trinken wortlos unser Getränk, während Günni mit einem etwas zu großen scharfen Messer Orangen in Scheiben schneidet. Seinen groben Händen in den fingerlosen Handschuhen sieht man an, dass er ein Mann der Arbeit ist. Seine Hände zittern fast unmerklich. Selbst als Standbetreiber auf dem Weihnachtsmarkt gewöhnt man sich wohl nie an diese Kälte.

Ein bibbernder Hund in Weihnachtspulli bekommt die volle Aufmerksamkeit des Kindes, während es sich seinen Punsch ***„Kinderglück“*** schmecken lässt. Derweil lasse ich meinen Glühwein noch mal auffüllen. Mit doppelt Wumms. Der Weihnachtsmann stirbt ja nicht alle Tage. ***„Gute Wahl. Das ist der beste Glühwein auf dem Markt!“***, sagt Günni beim Einschenken. Nach kurzer Pause fügt er hinzu: ***„Fand Klaus auch. Er hat hier gerne mal einen gehoben. Aber nie, ohne sich vorher eine fettige Grundlage geschaffen zu haben. Trotzdem fing er nach dem Zweiten immer an zu singen. Immer diesen einen Song von Queen …“*** Er seufzt.

Der Mann wusste wohl, wie man's macht – im Gegensatz zu mir. Zwei Becher mit doppelt Wumms auf leeren Magen? Töricht!

„Timmy, ich habe vorhin einen vielversprechenden Stand gesehen. Da essen wir jetzt etwas.“ – „Was denn?“, fragt mein Enkel. ***„Etwas Leckeres! Der Musikgeschmack des Weihnachtsmanns hat mich inspiriert.“***

WO GEHT ES WEITER?

HINWEISE:

* Eine fettige Grundlage
* Song von Queen

Verstrickt & Zugenäht
21

21 STRICKBUDE

Als wir an der Strickbude ankommen, ist die Betreiberin Steffi in ein Telefonat vertieft. Timmy fährt gleich mit seiner Hand über die weiche Strickware. Flauschige Schals, warme Mützen, dicke Pullover und … da! Ein Schild, das in ein blutrotes Tuch eingeschlagen ist. ***„… ich sag dir, das ist der lustigste Spruch, den ich je gehört habe. Habe ich mir gleich als Schild vom Burkhard löten lassen für meinen Stand. Doch, doch. Liegt hier schon. Pack ich gleich aus und häng es auf … Wieso vulgär? … Da steht doch ‚Strick dich ins Knie' und nicht … also, ich finde das sympathisch frech und … was? Ach so, ja, ja, stimmt, ich muss auch langsam. Tschö mit Ö, ne?"*** Ich ergreife die Gelegenheit: ***„Entschuldigen Sie, ich konnte nicht umhin, Ihr Telefonat mit anzuhören. Ich bin zwar vom älteren Semester, aber ‚Strick dich ins Knie', das ist wirklich originell."***

Mittlerweile fällt mir das Lügen immer leichter. Steffi guckt zufrieden. ***„Nicht wahr? Manche hier auf dem Markt sind so konservativ."*** Sie schüttelt den Kopf. ***„Wollen nichts Neues! Da drüben, bestes Beispiel!"*** Sie deutet auf den Bowl-Stand. ***„Der bringt frischen Wind rein, und schon machen sich alle ins Hemd, dass die Besucher bald nur noch Bio verlangen." – „Die Leute sind ja schnell aus der Ruhe zu bringen"***, denke ich laut. ***„Vielleicht ist da der Klaus nicht ganz unschuldig dran. Hat in den letzten Wochen ständig rumgetönt, dass heutzutage alle Bio wollen." – „Der verstorbene Weihnachtsmann?"***, frage ich nach, als ob ich von nichts wüsste. ***„Der ermordete Weihnachtsmann"***, berichtigt sie mich, während sie ihr Schild auspackt.

Dann lacht sie: ***„Zumindest den Gerüchten nach, aber das ist natürlich … was zum STRICK?!“***
Sie starrt auf ihr Schild und schlägt hektisch das Tuch wieder darüber: ***„Entschuldigen Sie mich bitte kurz!“***
Sie greift ihr Smartphone, wählt und geht nach hinten.
„Rita?! Bist du am Stand? Gut. Ich komme rüber, du musst mir 'n Doppeldotter machen! Du wirst es nicht glauben!“
Sie zieht sich eine flauschige Wollmütze auf den Kopf: ***„Entschuldigen Sie bitte, ich muss kurz weg. Aber schauen Sie doch ganz in Ruhe …“***
Ihre Augen bleiben am Kind haften, das sich und dem Nutria bunte Mützen im Partnerlook aufgesetzt hat. ***„Ja, genau, probieren Sie ruhig an, und wenn Sie etwas möchten, ich bin da drüben.“*** Und schon stiefelt sie los. ***„Umschauen? Das lassen wir uns aber nicht zweimal sagen, oder, Timmy?“,*** flüstere ich und schlage das blutrote Tuch auf, in das das Schild eingewickelt ist. Jesus, Maria und Josef!!!

WO WIRD DIESER KNALLHARTE CLIFFHANGER AUFGELÖST?

HINWEIS:

„Doppeldotter“ bei Rita

BRUCH!!!
Feine Tafel Schokolade

09 BRUCHSCHOKOLADE

„Die ganze Schokolade ist ja kaputt!“, ruft Timmy empört. ***„Nein, junger Mann. Das ist original Schweizer Bruchschokolade, odrr“***, berichtigt ihn der feine Herr mit starkem Akzent und gehobenem Zeigefinger. ***„Oder was?“***, fragt das Kind verwirrt. Ich erkläre: ***„‚Oder‘ sagt man in der Schweiz wie bei uns ‚ne‘ oder ‚gell‘.“*** Ich sehe, wie Zahnräder in Timmys Kopf rattern, und dann fragt mein blitzgescheiter Enkel: ***„Dir ist auch der Weihnachtsmann reingerauscht, odrr?“*** Schweizer sollen ja schwer aus der Ruhe zu bringen sein. Nun, mein kleiner Timmy hat es grade in Sekunden-Bruch-Teilen geschafft. Der Mann, den hier alle Utz nennen, beugt sich vor, und die Weihnachtsbeleuchtung offenbart sein blau geschwollenes Auge. ***„Wir hatten ein kleines Klöpperli“***, gibt der zierliche Chocolatier zu. ***„Als meine ‚feine Tafelschokolade‘ noch ‚feine Tafelschokolade‘ war, hatte Klaus eine unverschämte Reklamation. Ich hatte ihm eine Tafel aus meiner Meisterwerk-Reihe verkauft, odrr. Die ‚Mona-Lisa‘ vom großen Leonardo da Vinci aus Schokolade. Später kam er ganz aufgebracht zurück. Roch nach Glühwein und pöbelte mit Maronen zwischen den Zähnen herum, ich hätte ihm den ‚Schrei‘ von Edvard Munch eingepackt. So ein Chääs! Munch habe ich gar nicht im Angebot. Vollkommen überschätzter Künstler, odrr.“ – „Aha, und dann hatten Sie das kleine Klöpperli?“***, hake ich nach. ***„Na ja, er hat mich fuchsteufelswild gemacht, odrr. Da hab ich sachlich die Erziehungskompetenzen seiner Frau Mama infrage gestellt. Mit einem Hüpferli kam er dann über den Tresen. Vielleicht sehe ich nicht so aus mit meinen 50 Kilo, aber wehren kann ich mich, odrr. Jugendkreismeister im Ringen 1987.“***

Mein inneres Auge versucht es mit Kopfkino vom dicken Weihnachtsmann und dem zierlichen Chocolatier, die sich am Boden der engen Holzhütte in Schokolade winden und rangeln. ***„Zum Schluss hatte ich ihn im Nackenhebel und wir einigten uns auf ein Unentschieden.“ – „Haben Sie sich wieder vertragen?“,*** will ich wissen. ***„Wir sind in freundlicher Neutralität verblieben. Ich trauere sehr um den liebenswerten Unhold, odrr.“*** Nach weiterem freundlichen Geplauder und ein paar köstlichen Schoko-Scherben verabschieden wir uns.

Wir gehen nach Hause, und ich stimme das Kind darauf ein, dass wir morgen wiederkommen. Schließlich kann ich nicht friedliche Weihnachten feiern, ohne das Rätsel um das Ableben des Weihnachtsmannes gelöst zu haben, odrr? ***„Ach herrje, ich wollte die Tage ja noch backen, und mir fehlt noch etwas zum Süßen. Vielleicht probier ich es wirklich mal mit einer Zucker-Alternative?“***

AN WELCHEM STAND BESORGEN WIR MORGEN DIE ZUTAT?

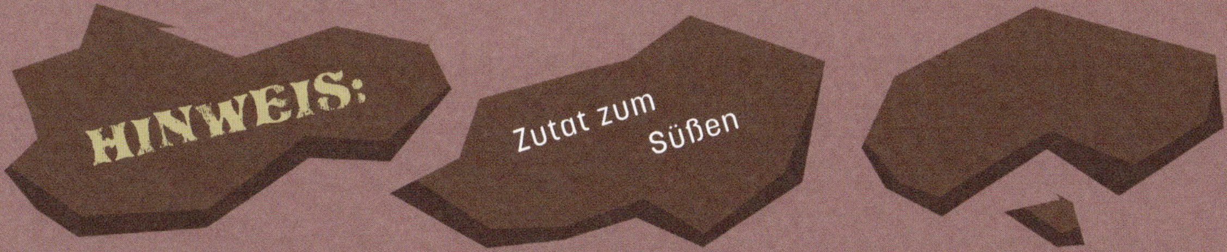

ROSINEN
STOLLEN

16 CHRISTSTOLLEN

Das Kind mampft zufrieden süßen Christstollen, als eine Kaugummiblase platzt. ***„'n Stollen, bidde." – „Einen bestimmten?"***, fragt Frank, der Standbetreiber, und deutet freundlich auf seine Ware. ***„Nee, egal"***, schmatzt Jule vom Spielzeugstand, ohne vom Smartphone hochzuschauen. Dann hält sie inne und grinst: ***„Hauptsache, keinen vergifteten."*** Der Standbetreiber wird leichenbleich. ***„Jule, hast du etwa dieses Gerücht in die Welt gesetzt?" – „Na, du hast doch ein 1-a-Motiv!"***, lacht Jule. Dann wird sie ernst: ***„Rosine." – „Ja?"***, fragt Frank immer noch entrüstet. ***„Naaa, ‚Rosiiinääá'. Dein Spitzname, den du so sehr hasst. Den hast du von Klaus."*** Frank atmet tief durch und versucht es mit Geduld: ***„Also, erstens hat Klaus dem ‚Docht' auch seinen Spitznamen verpasst …"*** Jule unterbricht: ***„Ja, aber erstens mag ‚Docht' seinen Namen, und zweitens hat Klaus deinen Stollen neulich schlechtgemacht. Zu viele künstliche Zusatzstoffe. Du hast ihn dafür gehasst und ihn …"*** Franks frostiger Blick erstickt Jules jugendliches Aufbrausen im Keim. Er tippt auf seinen eingegipsten Arm und unterbricht die angespannte Stille: ***„… und zweitens war ich am Unglückstag gar nicht da, liebe Jule. Denkst du etwa, ich bin ein Mörder?"*** Jule guckt, als wenn man sie beim Abschreiben erwischt hätte. ***„Ich denke, … ich denke, dass du ein peinlicher Boomer bist! Das denken alle!"*** Sie lacht, als hätte sie argumentativ haushoch gewonnen, und macht sich davon. Beim Weggehen lässt sie uns noch wissen: ***„War auch gar nicht meine Idee ursprünglich. Das haben Mama und der Crêpe-Cringe beredet!" – „Ts, Kinder. Hab auch so einen von der Sorte zu Hause"***, versucht Frank die Situation weniger unangenehm zu machen.

Ich deute auf seinen Arm: ***„Was ist Ihnen denn da passiert?“*** Er zeigt zum Riesennussknacker: ***„Ich hatte gerade den Stand abgeschlossen, will nach Hause und werde fast von dem herabsausenden Unterkiefer des Nussknackers erschlagen. Schön zwei Tage Krankenhaus.“ – „Da hatten Sie im Gegensatz zum Klaus echt Glück im Unglück!“***, merke ich an und frage mich, wie verantwortungsbewusst es ist, mit Timmy auf dem Gelände herumzustromern, während gigantische Körperteile aus Holz umherfliegen. Er nickt: ***„Da sind so ein gebrochener Arm und haltlose Verdächtigungen echt das kleinere Übel. Bin eh nicht der Einzige, über den grad dummes Zeug gequatscht wird. Sind irgendwie alle angespannt dieses Jahr.“***

Das Kind unterbricht uns: ***„Omaaa, ich sehe was, was du nicht siehst, und mit Nachnamen heißt es ‚Rotweiß‘!“ – „Hast du für heute nicht schon genug gegessen?“ – „Biiiiitte!“*** Beim Weggehen hören wir ein kleinlautes: ***„Ähm, Rosine …, äh, Frank? Krieg ich denn noch einen Stollen, bitte? Hab ich eben vergessen.“***

WO MÖCHTE TIMMY ESSEN?

HINWEIS: Rotweiß

Gerda's Glühweintraum
RUM

12 Gerdas Glühweintraum

„Günni war's!", lautet Gerdas Antwort auf die Frage, die ihr niemand gestellt hat. Die robuste Frau, die ihrem Aussehen nach durchaus auf einem Kutter anheuern könnte, scheint sich sicher und tut das auch lautstark ihren Kunden kund. Eine kleine, Glühwein trinkende Menschentraube steht um ihren Stand und genießt Frei-Glühwein, während Gerda mit harten Bandagen den Konkurrenzkampf kämpft. ***„Dass es den Weihnachtsmann nicht mehr gibt, haben wir dem zu verdanken. Sein minderwertiger Fusel wurde doch von Jahr zu Jahr mit immer mehr Frostschutz gestreckt. Sein sogenanntes Familienrezept. Abwechslungsreiche und erstklassige Qualität bekommt ihr nur hier bei mir."*** Während sie eine Tasse mit eigenem Logo abtrocknet, fällt mir die Ähnlichkeit der beiden Schriftzüge auf. ***„Gerda's Glühweintraum"*** und ***„Günni's Glühweintraum".*** Zum Verwechseln ähnlich und kreativ wie ein Ortseingangsschild. Wobei, zugegeben, was die Kreativität angeht, legt Gerda jetzt noch einen Zahn zu und gibt ihr eigenes Weihnachtsgedicht zum Besten:

Die wahren Weihnachts-Sensationen
Sind Gerdas Glühwein-Kreationen:
„Gerdas Bester", der ist klassisch,
Schüsschen Wodka drin, „Kasachisch"!
„Haselmaus", der ist mit Nuss,
In „Waidmann", da kommt doppelt Schuss.

„Japan Blüte" – Kirschgeschmack,
Im „Gentleman" ist Cognac.
„Adam und Eva" mit Apfelwein,
In „Vanilla" kommt Vanille rein.
Denn zu Weihnachten gehört der Baum
Genau wie „Gerdas Glühweintraum"!

Jetzt wendet sich die Glühwein-Poetin an Timmy und mich: ***„Und auch euch erfüll ich einen Wunsch. Glühwein-Wumms und Ninja-Punsch.“*** Woher weiß sie das bloß? Die Frau ist Profi, so viel steht fest. Aber ich will mich mal nicht zu sehr beeindrucken lassen. Ich bin ja nicht zum Spaß hier. ***„Gar nicht so leicht, dieser Tage gute Laune zu verbreiten, was?“,*** frage ich mit hochgezogenen Brauen. ***„Ach, wem sagen Sie das?“*** Gerda klingt erschöpft und scheint etwas erleichtert, für einen Moment die fröhliche Maske der Marktfrau abnehmen zu können. ***„Der Vorfall macht uns hier allen zu schaffen. Wissen Sie, ich kannte Klaus schon sehr lange, aber man muss halt funktionieren. Das hier ist nur Show. So wird das Spiel nun einmal gespielt. Aber eines kann ich Ihnen sagen. Klaus hätte sich über Frei-Glühwein am meisten gefreut.“*** Einige Glühweinbecher klacken gegeneinander. ***„Auf Klaus!“,*** raunt es in der Menge. Gerda atmet noch mal durch, lächelt uns an und arbeitet weiter. Das Kind ist hungrig, und der Glühwein mit Wumms hat mich ebenfalls zum Dichten inspiriert.

AN WELCHEM STAND SCHLAGEN WIR UNS DIE BÄUCHE VOLL?

HINWEIS:

Ein Teig, nicht rund, nein, er hat
Ecken, darauf ist Käse viel zu schmecken.
Mit Zwiebeln, Speck und Schmand gereicht,
ist dieses Rätsel viel zu leicht.

Mandel-Mandy
MM

18 MANDEL-MANDY

„Iff liebe Manfeln!“, schwärmt das Kind mit vollem Mund und knuspert seine frisch gebrannten Mandeln. Ich probiere zur Abwechslung mal was Neues. Gebrannte Erdnüsse. Köstlich. Ich widerstehe der Versuchung, gebrannte Haselnüsse zu bestellen, sonst ergeht es mir am Ende noch wie dem Kind gestern. ***„Wie war eigentlich Ihre Beziehung zu Ihrem Standnachbarn?“***, frage ich Mandel-Mandy beiläufig, als würde es mich eigentlich gar nicht interessieren. ***„Sie meinen Santa-Sauf? Den kannte ich kaum. War kein Nussfan. Und seinem Beuteschema entsprach ich wohl auch nicht. Ganz im Gegensatz zu seinem schmucken Liebchen mit ihrem aufgesetzten Mona-Lisa-Lächeln.“*** Sie deutet irgendwo auf einen Stand. Ihr Zynismus bildet einen Mordskontrast zu ihrer süßen Ware. ***„Die beiden dachten, das bekäme ich nicht mit, aber ich habe ein Auge für so etwas.“***

Mir fallen diverse Fachzeitschriften neben ihrem Stuhl auf, die ihre Profession bestätigen. Von ***„Spiegelbild der Frau“*** über ***„Bunte-Gala“*** bis hin zur ***„Royalen-Revue“*** ist alles dabei. ***„Ich mache nur die Kreuzworträtsel!“*** Ihr ist mein Blick auf ihre Lektüre nicht entgangen. ***„Natürlich! Ich auch“***, lüge ich zurück. ***„Zweite Reihe, quer, 12 Buchstaben, ist ‚Fest der Liebe‘.“*** Ihre Augen werden groß wie Bratäpfel: ***„Darüber rätsle ich schon seit Marktbeginn! Danke!“ – „Das kenne ich zu gut. Ich rätsle auch schon seit Marktbeginn“***, sage ich jetzt wahrheitsgemäß. Ob ich ihr wohl noch irgendeinen Hinweis entlocken kann?

„Jetzt, wo ich die Lösung kenne, war das gar nicht so eine schwere Nuss. Eigentlich naheliegend, die Lösung.“ Sie kaut auf ihrer Lippe. ***„Da war ich wohl abgelenkt. Aber kein Wunder, wenn man sich hier den ganzen Tag dieses Geschmachte von dem da mit ansehen muss.“*** Sie deutet auf den Stand gegenüber. ***„Der ist total in Gerda verknallt! Klebt an ihr wie Zuckerguss am Lebkuchenhaus.“*** Während sie ihre Boulevardblätter beiseiteräumt, sehe ich die Titelseite der Zeitung, die heute Morgen von Millionen Menschen beim Brötchenkaufen gesehen wurde. Ob sie wollten oder nicht. ***„Weihnachtsmann auf Weihnachtsmarkt ermordet – Nirgends kann man mehr hin!“*** Das Bild zeigt die Glühweinlache, in der ein trauriger Becher mit dem Schriftzug ***„Günni's Glühweintraum“*** liegt.
Ob das Foto Günnis Geschäft geschadet hat? Oder dürfte er ab jetzt die nächsten Jahre mit True-Crime-Pilgern rechnen? Nicht nur ich bin in eigene Gedanken versunken. Timmy schaut rüber zur Eisbahn. ***„Na ja, geht mich ja alles nichts an. Sollen sie machen. Ich will nur meine Kreuzworträtsel machen und Mandeln verkaufen.“*** Wir verabschieden uns.

WER PASST IN KLAUS' BEUTESCHEMA?

HINWEIS: Schmuckes Liebchen

Crêpes

07 CRÊPES-STAND

„Zum traditionellen Crêpe schmeckt ein Kinderpunsch ganz vorzüglich", sagt Jacques freudestrahlend und deutet rüber zu einer Glühweinbude. Timmy nimmt den süßen Lappen entgegen und nickt begeistert. Ich schüttle den Kopf. ***„Wir hatten schon einen."*** Das Kind ist einsichtig und ergänzt: ***„Der Punsch hieß ‚Kinderglück' und war megalecker."*** Was für ein Gedächtnis. Wenn ich mir keine Notizen machen würde, hätte ich schon vergessen, dass ich einen Mord aufklären will. ***„Ah, ‚Kinderglück', das ist der Kinderpunsch von Günni."*** Jacques' Stimme klingt plötzlich irgendwie belegt. Das Kind bemerkt mampfend: ***„Ja, Günni hat den besten Glühweinstand auf dem Markt, sagt er, und der Klaus hat da gerne mal irgendeinen hochgehoben."*** Jacques hebt amüsiert eine Augenbraue hoch. ***„Na, das stimmt, die beiden waren ziemlich beste Freunde, und beide haben gerne ziemlich viele gehoben. Vielleicht ein bisschen zu viele."*** Jacques lacht. ***„Aber Ihr Fall waren die beiden nicht so, oder?"***, merke ich so beiläufig wie möglich an.

Jacques' Augenbraue musste sich in der Zwischenzeit langsam gesenkt haben, denn sie schnellt bei meiner Frage rapide hoch. So eindrücklich, dass ich nicht anders kann, als meine ebenfalls hochzuziehen. ***„Sie sind ganz schön neugierig, Madame."*** Ich sage nichts. Wir stehen da mit unseren Augenbrauen und schauen uns lange Sekunden eindringlich an.

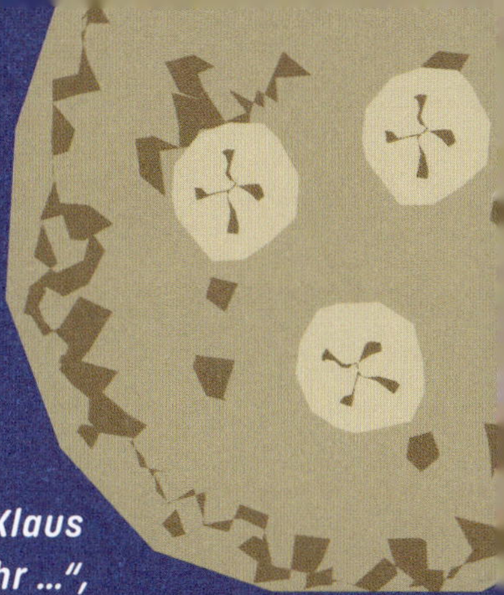

„Ich will mal komplett transparent sein“, flüstert Jacques versöhnlich und beugt sich etwas vor. ***„Klaus hat hier die ein oder andere Freundschaft zu Bruch gehen lassen. Es ist glas- …“,*** zwei schnelle Augenbrauen-Heber, ***„… klar, dass es andere gibt, die noch viel weniger mit Klaus anfangen konnten als ich. Ich hoffe, ich konnte Ihnen helfen, etwas mehr …“,*** Augenbrauenheber, ***„… Durchsicht zu bekommen?“***

WOHIN WILL JACQUES' TRANSPARENZ UNS VERWEISEN?

HINWEIS:

Glasklar, welchen Stand Jacques meint, oder? Seine Andeutungen sind völlig durchsichtig.

XXL MARONEN

14 Alex' XXL-Maronen

Der Grill strahlt eine ordentliche, aber willkommene Wärme ab. Zusammen mit der tiefen Stimme von Alex, dem Maronenmann, kommt glatt eine gemütliche Lagerfeuerstimmung auf. Das Kind pult begeistert an seinen Esskastanien, und wir lauschen der Geschichte vom Weihnachtsmann Klaus. ***„Lustiger Typ. Mit dem wurde es nie langweilig. Aber manchmal war man sich nicht sicher, ob er nur Scherze machte oder ob er es ernst meinte. Zum Beispiel sagte er mal, er könnte auf dem Weihnachtsmarkt blind jeden Stand finden. Hat keiner bezweifelt, aber trotzdem wollte er es beweisen. Da bindet sich der Idiot im Suff 'nen Schal um die Augen, dreht sich ein paarmal um sich selbst und rennt los. Voll in Jürgens Glasbude rein.“*** Alex' Lachen ist ansteckend. ***„Oder vor ein paar Wochen, da fragte Docht ihn nach seiner neuen Freundin. Und er machte erst so einen auf lustig theatralisch: ‚Docht, du bist der Einzige, der mein Geheimnis kennt.' Und beide sind am Lachen, aber dann sagt Klaus wieder voll ernst: ‚Wenn du's erzählst, dreh ich dir den Hals um.' Tja, und zwei Momente später isser wieder am Lachen. So war Klaus.“***

Lustige Geschichten, die der Alex da erzählt. Scheinbar hatte der Weihnachtsmann also noch das ein oder andere Geheimnis. Nicht nur stille Wasser scheinen tief zu sein. ***„Oder noch eine Story vom Klaus.“*** Alex scheint in Fahrt zu kommen. Ich halte ihn nicht auf und lausche aufmerksam. ***„Er war ja öfter mal hier, den meisten anderen Süß- und Knabberkram hat er ja nicht vertragen. Also, er steht hier vorm Grill, und ich sag noch, Klaus, sag ich, geh mal 'nen Schritt zurück. Du verbrennst dir noch den …“,*** er guckt Timmy an, der gespannt zuhört,

„… du verbrennst dir noch den Popo.“ Das Kind ist amüsiert und kichert sich seinen Popo ab. Maronen-Alex fährt fort: ***„Jedenfalls sprechen wir über Geschenke, und er holt eine Tafel Schokolade aus der Tasche, die die ganze Zeit hier vorm Grill hing. ‚Ist das nicht 'ne Schönheit?‘, fragt er. Und ich nur so: ‚Na ja‘. Und plötzlich ist er auf 180. Brüllt rum, das sei ja gar nicht die*** Mona Lisa ***von da Vinci. Darauf ich: ‚Nee, das ist der*** Schrei ***von Munch.‘ Kenne mich ein bisschen mit Kunst aus. Dann ist er wütend losgestiefelt.“***

Mittlerweile hat sich eine Schlange gebildet und Alex muss sich wieder auf die Maronen konzentrieren, aber ich habe eine ganze Tüte voll neuer Informationen. Für mich ist klar, wo ich mehr erfahre, dem Kind gebe ich ein Rätsel auf.

WO ZIEHT ES UNS JETZT HIN?

HINWEIS: „Timmy, wenn du weißt, zu welchem Stand ich als Nächstes will, geht dir ein Licht auf.“

23
RÄUCHERMENSCHCHEN

23 RÄUCHERMENSCHCHEN

Entgegen meinen Erwartungen hat Schorsch seinen Spitznamen, weil er permanent Zigarillos und Zigarren raucht. Und Zigaretten. Und Pfeife. Da hab ich das Kind lieber schon zu Matilda geschickt, die drei Stände weiter Geburtstag feiert. ***„Sagen Sie, ich hätte da mal eine Frage. Neulich stand ich drüben bei Gerda auf eine schöne Zigarette“,*** lüge ich, um eine Gesprächsbasis zu haben. ***„Ah, Sie rauchen auch? Macht heute ja kaum noch einer. Sind ja alle gesund und bio geworden.“*** Meine Verhörtaktik fruchtet. ***„Jaja, ich liebe rauchen. Also, ich stand da, rauchte eine leckere Zigarette und dachte, ich hätte mich verhört. Der Weihnachtsmann will einen Bio-Glühweinstand aufmachen?“*** Ich blicke theatralisch verblüfft. ***„Ja sicher, das muss man noch auf dem Weihnachtsmarkt in Münster gehört haben. Man konnte Klaus, Friede seiner Asche, viel vorwerfen. Er war ein Schluckspecht, ein Raufbold und ein Tunichtgut, und niemand kann behaupten, dass er leise war. Aber ein ganz feiner Kerl war er. Hat mir im gleichen Atemzug seinen Job als Weihnachtsmann versprochen.“*** Er seufzt.

Ich deute zu Gerda: ***„Noch ein Glühweinstand. War da Ärger nicht vorprogrammiert?“ – „Erst hat die sich nur reingehängt mit neuen Rezepten und so. Wie damals nach der Scheidung von Günni. War ja sein Familienrezept. Da musste die sich neu erfinden.“*** Er nimmt einen tiefen Zug von seiner Zigarette. ***„Aber am Abend vor dem Unglück hatte Gerda dann doch Streit mit Klaus. Der Nussknackerweg war gesperrt, also ist Klaus hier lang. Angezündet wie ein Adventskranz am Vierundzwanzigsten.***

Er prostete Gerda mit seinem Weg-Glühwein zu und rief, dass es bald einen NOCH besseren Glühwein auf dem Markt geben würde." – „Du bist heute wirklich redselig, Schorschi."

Ein Duft nach Kinderschokolade, Zimt und Zucker durchbricht den Zigarettenrauch. ***„Und Sie sind wirklich neugierig, Madame."*** Jacques! ***„Da sind Sie ja wieder. Mir ist nicht entgangen, dass Sie schon den halben Tag hinter uns herschlawenzeln!"*** Ich wende mich wieder Schorsch zu und frage in den Rauch: ***„Wollen Sie etwa andeuten, dass Gerda den Klaus …?" – „NON!"***, platzt es aus Jacques heraus. ***„Sie war es nicht! Meine Intuition sagt mir etwas anderes." – „Wer war es denn sonst?"***, frage ich geradeheraus. ***„Es war …"***, er ist nervös, ***„es war …"*** Meine Stirnader pocht im Takt von Jingle Bells. ***„Es war … ICH war es! Jawohl, ich war es, ganz allein! Aber Sie werden mich niemals kriegen! Haha!"***

Crêpe-Jacques türmt! Er läuft direkt in Richtung Eisbahn. Oh Gott, die Kinder! Der Mörder will sich doch wohl keine Geisel holen?!

KEINE ZEIT FÜR HINWEISE! HINTERHER!

WEIHNACHTSFRITTEN

17 WEIHNACHTSFRITTEN

Während ich mich frage, ob das wunderschön kalligrafierte Pause-Schild beim Brettchenstand irgendwann noch mal verschwindet, esse ich die restlichen Pommes des Kindes. Es hat gerade mal ein Drittel der Portion geschafft. Vielleicht sollte ich meine innere Hobbydetektivin für heute wegpacken. Eben war ich mir sicher, dass uns jemand folgt, aber wahrscheinlich bin ich mittlerweile nur etwas paranoid geworden. Der Mann, der den neuen Weihnachtsmann gibt, gesellt sich zu uns, bestellt Pommes und zündet sich eine Kippe an. Zwar ist er in Zivil, aber ich habe ihn mühelos wiedererkannt. Die Hobbydetektivin lässt sich nicht so einfach wegsperren. Meine Ohren sind gespitzt, als der Weihnachtsmann-Novize anfängt, der Pommesfrau einen vorzuschwärmen: ***„Birgit, es ist wirklich so toll, wie man es sich vorstellt! So viele strahlende Kinderaugen!“*** Dabei mampft er hastig seine Fritten. Die Pommesgabel in der Rechten und die Zichte in der Linken. Birgit lehnt sich vor: ***„Es ist schön, dass die Tragödie für dich noch etwas Gutes hat, Schorsch.“*** Dann beugt sie sich noch näher zu ihm und sagt kaum hörbar: ***„Aber hast du mal darüber nachgedacht, dass der, dem du deinen neuen Traumjob zu verdanken hast, immer noch frei herumläuft?“*** Schorsch grunzt, steckt sich die letzten Pommes in den Mund und drückt seinen Glimmstängel auf dem leeren Pappschälchen aus: ***„Du, Birgit, lecker, wie immer. Ich muss jetzt aber los zum Sessel, die Kinder warten.“ – „Viel Spaß, und behalt den Neuen in seinem lausigen Stand im Auge!“***, ruft sie ihm hinterher. Moment. Lausiger Stand? SIE ist die Frau mit der markanten Stimme aus dem WC! Sie glaubt also, dass Niko Lausig der Mörder ist.

Schorsch anscheinend nicht. Oder hat sein Schweigen etwas anderes zu bedeuten? Das scheint mir doch sehr …

Dem Kind ist schlecht, es will nach Hause. Während wir uns auf den Heimweg machen, dringt ein Streit vom Champignonstand an mein Ohr. Die Geschwister Louise und Jacques. ***„Ich bekomme so einen Hals, Louise. Diese Läster-Frau mischt sich in Angelegenheiten ein, die sie nichts angehen!" – „Ach, Jacques, ignorier doch einfach ihr Getratsche." – „So einen Hals bekomme ich! Wie eine Entzündung, von den Dingsda … Ach, Merde, du weißt schon! Wenn man krank ist, mit dem Hals."*** Meine Ohren spitzen sich schon wieder. ***„Nicht stehen bleiben, Oma!"*** Timmy reibt sich seinen grummelnden Bauch. ***„Schon gut, die Oma ist kein Polarexpress. Aber weißt du was? Morgen kommen wir wieder. Wir haben nämlich eine bestimmte Spezialität ausgelassen. Ein Muss auf einem Weihnachtsmarkt!"*** Das Kind winkt ab, es will nichts mehr. Morgen wird es anders darüber denken.

WO WOLLEN WIR MORGEN HIN?

HINWEISE:

* Ein Weihnachtsmarkt-Muss
* Wenn man krank ist, tun sie im Hals weh

Guter Honig e.V.

10 GUTER HONIG E.V.

Als wir am Honigstand ankommen, liegt ein kleiner Streit in der Luft. ***„Ich finde Münster eben albern!“*** Der Verkäufer Wilhelm verschränkt die Arme und schmollt. Seine Frau Maja entgegnet: ***„Ich mag's, wegen des Charmes und des Witzes. Und besser als dein Nuschel-Hamburg ist's allemal.“ – „So doll nuschelt der Schweiger gar nicht.“ – „Und ob, Schweiger und Möhring nuscheln beide wie Kida Khodr Ramadan mit Erkältung!“*** Mir wird klar, worüber dieses knuffige Paar zankt … den *Tatort*. Also, den aus dem Fernsehen. Ich versuche, die hitzige Diskussion ein wenig abzukühlen: ***„Sie mögen wohl Tatorte?“*** Die beiden schauen auf und es schallt wie aus einem Mund: ***„Wir lieben Tatorte!“ – „Na, da haben Sie dieses Jahr aber Glück hier auf dem Weihnachtsmarkt, was?“*** Für den Bruchteil einer Sekunde sehe ich, wie sich beide zusammennehmen müssen. ***„Schlimm, das mit Klaus. So ein netter Kerl. So schli…“*** Ich beuge mich vor und flüstere schnell und direkt, damit Timmy es nicht mitbekommt: ***„Haben Sie eine Ahnung, wer es war?“***

Wir blicken uns in die Augen, und es funkt, wie es nur unter uns Hobbyermittlern funken kann. Und schon sprudelt es aus ihnen heraus: ***„Also, wir schließen Günni aus. Klaus und er waren zu dicke miteinander. Champignon-Louise hat kein Motiv. WC-Horst auch nicht, aber wir sind sicher, dass der was weiß. Der Neue mit den Bowls könnte es gewesen sein. Viel zu freundlich, der Bursche. Crêpe-Jacques war nicht gut auf Klaus zu sprechen. Glasbläser-Jürgen und der Bruchschoki-Utz haben das gleiche Motiv …“***

Ich frage noch mal: ***„Haben Sie eine Ahnung, wer es war?“ – „Ganz sicher sogar. Es war …“ – „HEY, TIMMY! Kommst du morgen zur Eisbahn? Ich feiere Geburtstag!“*** Matilda steht aufgeregt neben uns. Gudrun und Sven sind noch einige Meter entfernt. Maja ruft: ***„Da kommt ja endlich unsere Ablösung! Dann kriegen wir unseren Zug ja noch!“*** Oh, nee. Statt wichtige Hinweise zu erhalten, kriege ich gleich weitere Dinkel-Honig-Rezepte. Timmy sieht auch nicht glücklich aus. Ich kann meinem Enkel an der kalten Nasenspitze ablesen, dass er der Einladung folgen möchte, aber unsicher ist, wegen des Eislaufens. Ich rette ihn aus der Situation und mich vor neuen Rezeptideen: ***„Entschuldige uns, liebe Matilda, wir müssen uns um ein dringendes Nagerproblem kümmern!“*** Ich nehme Timmy an die Hand und flüstere: ***„Du kannst dir ja noch überlegen, ob du es morgen noch mal mit den Schlittschuhen versuchst oder einfach nur zuguckst. Dann brauchen wir jetzt ein Geschenk. Hast du eine Ahnung, was Matilda mag und was euch beide verbindet?“***

WO KAUFEN WIR EIN GESCHENK FÜR MATILDA?

HINWEISE:

* Nagerproblem
* Was verbindet Matilda und Timmy?

Carolas Schmuck
Dietmar S.

19 SCHMUCKSTAND

Zwei blutrot unterlaufene Augen starren ins Nichts. Die Standfrau hält eine Weihnachtsmannmütze in der Hand, drückt sie leicht und schluchzt ganz leise. Oha. Unbestreitbar. Das ist die Angebetete des toten Klaus. Aus einer Seitenstraße kriechen schwere Moll-Akkorde einer Violine. Ein Straßenmusiker mit einem Händchen für Stimmung. Als sich Kundschaft nähert, lässt sie die Mütze schnell und heimlich in einem Karton verschwinden und setzt ihr ‚Das steht Ihnen aber sehr gut, nehmen Sie doch auch noch den Ring und das Armband dazu'-Gesicht auf. Ihr Mund lächelt ein liebliches Mona-Lisa-Lächeln. Ihre Augen lächeln nicht. Der Schmuck ist teuer, und sie trägt keine Kleidung von der Stange. Hm … wollte Klaus mit seinen großen Plänen seine finanzielle Situation verbessern? Vielleicht, um mit seiner Angebeteten mithalten zu können? Aber was waren denn nun seine Pläne? Und wurden sie ihm zum Verhängnis?

Fragen über Fragen schwirren mir durch den Kopf wie Schneeflocken in einer Schneekugel. Und da werden sie auch bleiben. Denn keine dieser Fragen wird je über meine Lippen kommen. Nicht an diesem Stand. Im Gegensatz zu manch anderem hier, spielt die Standfrau nicht bloß Trauer vor. Ich erkenne ein gebrochenes Herz, wenn ich es sehe. ***„Omaaa, die Frau hat gefragt, ob sie helfen kann."*** Timmy zupft mich an meinem Schal zurück in die Wirklichkeit. Gott, wie peinlich. Wie lange war ich denn in meiner Schneekugel?

Schnell, etwas sagen: ***„Oh, entschuldigen Sie meine Träumerei! Wissen Sie, ich habe mal eine kostbare Kette verloren, die mir viel bedeutet hat. Jahrelang versuchte ich eine gleiche zu finden. Natürlich erfolglos, es war ein Unikat. Aber die wertvolle Erinnerung an das Stück bleibt mir für immer.“*** Die arme Frau muss ihre Tränen im Zaum halten. Sie nickt. Wir sehen uns in die Augen und wissen in diesem Moment beide ganz genau, wovon eigentlich die Rede … ***„NU-NU-NU-Nutria-POWER!“*** Timmy strahlt. ***„Da, Oma, da!“*** Hinter der Frau liegt doch wirklich dieser Stoff-Nager auf einem Stuhl. Sie lächelt: ***„Möchtest du den haben?“*** Timmy nickt mit großen Augen und offenem Mund. ***„Bitte schön. Ich habe den bei einer Tombola gewonnen. Glück im Spiel … na ja. Ich weiß eh nicht, was ich damit machen soll.“*** Das Kind strahlt wie ein geschmückter Tannenbaum. ***„Hier, die ist für dich!“*** Timmy hält ihr die Buddha-Maria-Nutria-Kerze entgegen. ***„Oh, wie lieb! Weißt du, da Vinci ist mein Lieblingskünstler, und diese Mona-Lisa-Kerze ist wunderschön, vielen Dank!“*** Wir verabschieden und bedanken uns noch mehrmals und gehen. Also, ich gehe, Timmy hüpft.

WO GEHT ES DENN JETZT ÜBERHAUPT WEITER?

HINWEIS: Ach, natürlich, ich Holzkopf.
Manchmal hat man wirklich ein Brettchen vorm Kopf.

NASCHVILLE
X-MAS
Schatz
let it snow
I ♥ X-MAS

04 NASCHVILLE

Die Öko-Eltern, Matilda, Timmy und ich kommen in Naschville an. Das Zucker-Eldorado des Marktes. Allein die Luft hier zu atmen könnte einen Diabetiker töten. Während Sven mir genau erklärt, wie er seine veganen Dinkelweckmänner backt, höre ich ganz genau zu. Nicht ihm, sondern dem Getuschel der Standbetreiberin Ursel mit einem Unbekannten. Ich muss mich sehr konzentrieren, um an Svens Backtipps mit Birkenzucker und Haferflocken vorbeizuhören und trotzdem höflich und aufmerksam zu wirken. Die Belauschten scheinen nämlich einige Informationen zum Fall „Klaus" zu haben. ***„Man fand ihn in einer Lache aus Glühwein",*** tuscheln sie. ***„Wichtig ist, dass Sie das Mehl Typ 1050 zum Backen nehmen!",*** beschwört mich Sven zur gleichen Zeit. Ich nicke heuchlerisch und horche weiter rüber. ***„Ja, das war wohl sein erster Glühwein, den er nicht auf ex ausgesoffen hat. Der hat doch jeden Abend bei Günni gebechert wie ein Loch und sich trotzdem noch einen Weg-Glühwein mitgenommen."*** Zwischendrin ergänzt Gudrun: ***„Mehl Typ 630 hat zu wenig Spurenelemente."*** – ***„Oh, das kenne ich! Ich habe auch noch zu wenig Spurenelemente",*** entgegne ich Gudrun wahrheitsgemäß.

Ursel tuschelt weiter: ***„Klaus war doch schon voll, wenn er am großen Nussknacker vorbeikam auf dem Weg zu seinem Sessel." – „Wo man ihn ja auch gefunden hat …",*** ergänzt der Unbekannte. Ich versuche weiter zu lauschen, aber plötzlich spielt die kleine Matilda die erste Geige im Stör-Orchester ihrer Eltern. Sie sabbelt in einer Tour: ***„… am liebsten mag ich Karamellbonbons, Karamellpopcorn, Karamellkuchen und Zuckerwatte. Die mit Karamell.***

Karamellwaffeln kenne ich nicht, aber die sind bestimmt mega …" Die Kinder haben sich grade ein paar Zuckerbomben genehmigt, und Matilda ist offensichtlich nicht sonderlich naschfest. Ich muss dem Gesabbel ein Ende bereiten. ***„Zwei Karamellschmatzer, bitte!"***, bestelle ich mit fester Stimme bei Ursel, die mittlerweile wieder allein am Stand steht. ***„Sind Sie sicher? Karamellschmatzer sind nichts für Anfänger. Nur eine dünne Schicht Schaum und ein Schokoladenfilm halten das klebrige Karamell beisammen!"***, warnt mich die Fachfrau, als ob ich Handgranaten kaufen wollte. ***„Jetzt geben Sie schon her, die Dinger."***

Eine Minute und vierzehn Sekunden später geht mein Plan auf. Gudrun, Sven und Matilda tragen Funktionsjacken, an denen Karamell abperlt wie kaltes Wasser an Entengefieder. Aber Timmy und ich müssen uns leider verabschieden, um die Fell-Applikation seiner Ninja-Nutria-Jacke sofort mit Wasser zu reinigen.

WO MÜSSEN WIR JETZT HIN?

HINWEIS: Jacke reinigen

zauber eis

24 ZAUBEREIS

Ich nehme die Beine in die Hand und sprinte Jacques hinterher. Potztausend, was man noch aus so alten Knochen rausholen kann. Ich wünschte, meine Nordic-Walking-Mädels könnten mich jetzt sehen. ***„Sie werden es bereuen, Ihre alte Nase in fremde Angelegenheiten gesteckt zu haben!"***, brüllt der Schuft im Laufschritt. ***„SIE werden es bereuen! Da können Sie Gift drauf nehmen! Wie haben Sie ihn umgebracht?" – „Eben so! Mit Gift! Lassen Sie mich, sonst vergifte ich Sie auch!"*** Jacques stolpert auf die volle Eisbahn, ich hinterher. Wir rempeln und schlittern in falscher Richtung durch die Leute. Fast habe ich den Schlawiner am Schlafittchen, aber das Gleichgewicht, das Eis und wir kämpfen einen aussichtslosen Kampf. Wir sehen aus wie zwei zappelnde Weihnachtskarpfen, die versuchen, zurück ins Wasser zu kommen. Am Rand stehen Gudrun, Sven und Niko Lausig. Verdammt, wo ist Timmy?
Aus den Lautsprechern dröhnen die kultigen Klänge dieses einen Weihnachts-Songs … und WHAM!, donnert Jacques aufs harte Eis. Niedergestreckt vom Stofftier-Nutria, das Timmy und Matilda jeweils an einem Arm festhielten. Matilda versuchte scheinbar gerade, Timmy auf diese Weise das Eislaufen beizubringen. Nutria-Power! Tja, ganz nebenher haben sie einen Mörder aufs Kreuz gelegt. Seinem kläglichen Jaulen nach war das Eis wohl härter als Jacques' Steiß. ***„Lassen Sie mich durch, ich bin Ärztin"***, ruft eine altbekannte Stimme. ***„Gehen Sie nicht zu zimperlich mit ihm um, er hat den Weihnachtsmann vergiftet"***, japse ich außer Atem. ***„Klaus wurde nicht vergiftet"***, sagt die Ärztin.

„Wurde er nicht?“, fragt Jacques verwundert. ***„Aber der Glühwein… “ – „… war safe in Ordnung!“,*** beendet Lausig den Satz. ***„Der Klaus hat mir im Vorbeigehen von seinem Becher angeboten. Eigentlich trinke ich ja nicht, aber er bestand darauf und brüllte immer wieder mit ausgestreckter Faust ‚Klünni, Klünni, Klünni‘ … aus Respekt vor seiner Euphorie, habe ich lieber einen Schluck genommen.“*** Er zuckt naiv mit den Schultern. ***„War ganz lecker. Mit einem Hauch von Haselnuss im Abgang.“*** Haselnuss?! Günni hat doch nur klassischen Glühwein nach Familienrezept angeboten. Mittlerweile hat sich eine Menschentraube gebildet. Die Leute verfolgen gespannt das Geschehen, und wenn es etwas zu gucken gibt, darf auch Mandel-Mandy nicht fehlen.

Da fällt es mir wie Schneeflocken von den Augen. Ja, natürlich! Klaus war kein Nussfan. ***„Klaus hatte eine Nussallergie!“,*** platzt es aus mir heraus. Ohrenbetäubende Stille. ***„Allergy ad nuces“,*** holt Sven sein Latein raus. ***„Zur Seite, weg da!“*** Eine kräftige Hand bahnt sich wie ein Kutter durch die Menge und kommt ausgestreckt vor Jacques zum Stehen. Sie hilft ihm auf: ***„Du brauchst mich nicht mehr zu beschützen, Jacques.“***

WEIL HEUTE WEIHNACHTEN IST, DARFST DU NUN AUCH NOCH DAS LETZTE TÜRCHEN ÖFFNEN.

KERZLICH
WILLKOMMEN

15 KERZLICH WILLKOMMEN!

„NEIN! Docht? Ohh! Bist du es, Matze?“ Ich kann es kaum fassen. Ich bin damals mit Docht bzw. Matze zur Schule gegangen, und wir haben uns seit den 60ern nicht mehr gesehen. ***„Ohne Bundeswehrparka, Matte und Schlaghosen hätte ich dich ja kaum erkannt.“*** Wir begrüßen uns mit dem geheimen Handschlag unserer alten Clique und umarmen uns. Dann bequatschen wir die letzten sechzig Jahre im Schnelldurchlauf, während Timmy sich zu Tode langweilt. ***„Du machst jetzt Kerzen?“ – „Na ja, bin nicht der beste Kerzenzieher, aber ich mach's gern.“***

Irgendwann kommen wir auf Klaus zu sprechen. ***„Der hatte scheinbar eine neue Flamme und wollte hier Kerzen für einen romantischen Abend kaufen. Aber wer die Dame ist, hat er nicht gesagt. Nur, dass er Geld für eine Kette spare. Ich meinte dann im Scherz, dass er eine billige kaufen solle, damit er mehr Kerzen kaufen könne. Fand er nicht so lustig wie ich. Die Frau würde sich gut mit so was auskennen. Aber viel hatte ich nicht mit ihm zu tun.“*** Docht grübelt. ***„Moment, da ist noch was. Klaus hatte sich vor Kurzem mit Günni gestritten. Ungewöhnlich, weil sie gute Kumpels waren. Günni hatte sich aufgeregt. So nach dem Motto: ‚Ich dachte, du würdest nur Witze machen, aber du meinst das ernst? Lässt dich hier jahrelang von mir bedienen und willst mir dann in den Rücken fallen?!‘ Keine Ahnung, worum es ging, aber Günni aufzuregen, das muss man erst mal schaffen. Der eine oder andere denkt wohl wirklich, dass Klaus ermordet wurde. Überall gibt es Gerüchte.***

Der eine sagt, ‚Rosine‘ habe den Klaus auf dem Gewissen, der andere sagt …“ – „… Günni habe Klaus auf dem Gewissen“, beende ich den Satz. ***„Wer sagt das?“ – „Gerda.“*** Docht guckt skeptisch: ***„Klar, dass die das sagt! Günni ist ja auch ihr Ex-Mann.“*** Ach, daher weht der Wind. Docht sieht mich mit einem Blick an, den ich noch von früher kenne. Bei dem Blick wusste man, dass er immer zu hundert Prozent richtiglag.

„Der Günni war's nicht. Streit hin oder her.“ – „Die hier, Oma!“ Timmy hält mir eine unförmige Kerze unter die Nase. ***„Eine Heilige-Maria-Kerze?“ – „Das ist ein Nutria!“,*** protestiert das Kind. ***„Soll ich euch die Buddha-Kerze einpacken? Geht aufs Haus.“*** Wir verabschieden uns herzlich und schlendern weiter über den Markt. Wenn wir kein besseres Geschenk für Matilda finden, bekommt das arme Kind ein Maria-Buddha-Nutria zum Geburtstag. Ich lenke meine Gedanken wieder auf den Fall und muss mir vorstellen, dass es hier mal ein Schild mit Doppel-Apostroph gab ***„Günni's und Gerda's Glühweintraum“.*** Hm. ***„Docht“, „Rosine“ …*** Haben die hier alle solche Spitznamen? Wer ist wohl ***„Rosine“***? Aber dann fällt es mir plötzlich wie Puderzucker von den Augen.

WELCHEN STAND STEUERN WIR AN?

HINWEIS: Rosinen
und Puderzucker

Eierpunsch

22 EIERPUNSCH

„Wer zuletzt am Stand ist, ist ein faules Ei!“, fordere ich Timmy heraus und lege einen Zahn zu. Timmy ruft: ***„Nutria-Power!“,*** und zieht wie ein geölter Blitz an mir vorbei. In Siegerpose wartet er am Stand auf seine Faule-Ei-Oma. Außer Atem klopfe ich meinem Enkel fest und anerkennend auf die Schulter. Dieselbe kleine Schulter, auf die ich mich bei der Gelegenheit gleich abstütze, um nach Luft zu ringen. Aber der Sprint hat sich gelohnt. Wir sind rechtzeitig angekommen, um absolut zufällig mitzubekommen, wie Strick-Steffi ihrer Freundin Eierpunsch-Rita vom Schild des toten Klaus erzählt: ***„… und dreimal darfst du raten, was auf dem Schild stand, Rita! Errätst du NIE!“*** Theatralische Pause. ***„‚Klaus' BIO Glühweintraum', der Klaus wollte einen G-L-Ü-H-W-E-I-N-STAND aufmachen!“***

Steffi glotzt Rita mit großen Augen an. Rita verzieht keine Miene. Sie ist entweder taub oder hat ein eisbärdickes Fell: ***„Ist das so neu für dich?“*** Steffi stottert: ***„Du, du wusstest das?“*** ***„Ja, hat der Klaus doch immer wieder beim Räucherschorsch herumgebrüllt“,*** erklärt Rita. Meine Gedanken rasen. Mit diesem Bio-Glühwein-Schild bin ich wieder komplett am Anfang. Aber nicht etwa am Anfang meiner Ermittlungen, sondern wieder am Anfang bei Günni. Klaus wollte einen Glühweinstand eröffnen. Günni war davon so begeistert wie ein Kind von Unterhosen unterm Weihnachtsbaum. Sie stritten und Günni gab dann seinem alten Freund einen ganz speziellen Weg-Glühwein. Günnis Giftglühwein! Günni war's! ***„Günni war's nicht!“,*** grunzt Rita, als hätte sie meine Gedanken gelesen.

„Aber er hat ein Motiv, und er hatte Streit mit Klaus!“, hakt Steffi ein. *„Schnee von gestern. Ich hab mir am Unglückstag einen bei Günni genehmigt. Da war nix mehr mit Streit. Im Gegenteil. Die beiden haben sich überlegt, den neuen Glühweinstand zusammen zu betreiben. Sie haben sogar schon den gemeinsamen Budennamen geplant. ‚Klünni's Bio Glühweintraum'. Wir haben noch mehrmals darauf angestoßen.“* Ich bin enttäuscht. Das war viel Rauch um nichts. Viel Rauch, in dem sich auch gerade Günnis Motiv in nichts aufgelöst hat. Aber da gibt es doch NOCH einen Stand mit einem Motiv.

Und da waren wir sogar schon. Vielleicht kriegen wir ja den Standnachbarn zum Plaudern. Aus dem Augenwinkel sehe ich plötzlich etwas vorbeihuschen. Ein klebriger Duft nach Zimt und Zucker liegt in der Luft. Ich ignoriere das, und wir ziehen weiter.

WO TREIBT ES UNS JETZT HIN?

HINWEISE:

* Standnachbar vom Stand mit Motiv
* Viel Rauch um nichts

WC
WISCH YOU A MERRY PISS-MAS
5

05 WC-WAGEN

Während ich an Timmys Ninja-Laser-Nutria-Jacke das künstliche Fell entkaramellisiere, höre ich zufällig ein Gespräch durch die Wände des WC-Wagens. Das ist übrigens kein Belauschen! Mein Gewissen ist rein, wie mittlerweile Timmys Jacke. Jeder weiß, dass man buchstäblich jeden Furz durch das dünne Sperrholz scheppern hören kann. Wer hier Geheimnisse bereden will, muss doch wollen, dass jeder sie hört. Und so flüstert es ohrenbetäubend durch den Wagen.

„Total klar, wer Klaus auf dem Gewissen hat!“, ist sich eine markante Frauenstimme sicher. ***„Meinst du wirklich?“***, kommt es aus einer anderen Kabine. ***„Oma, ist meine Jacke jetzt sauber?“***, will Timmy von draußen wissen. Ich gebe deutliche Handzeichen, dass der Fleck sehr hartnäckig ist und ich noch einen Moment heftig schrubben muss. Zufällig höre ich das Gespräch weiter mit an.

„Klaus fand den selbst von Anfang an seltsam. Wer soll's denn sonst gewesen sein? Günni wird seinem alten Schulkameraden ja wohl nicht den Glühwein vergiftet haben.“ Ich horche auf und mache mir Notizen. ***„Muss ja trotzdem nicht der Neue gewesen sein.“ – „Und obendrein passt der nicht hier rein, an seinem lausigen Stand kommt keine Weihnachtsstimmung auf! Der Mann braucht mehr Zimt- und Mandel-Flair, wenn er hier mithalten will.“***

Die Spülung wird betätigt, die Tür geht auf, ich schrubbe immer noch die mittlerweile saubere Jacke. ***„Da hast du natürlich re…“,*** ein älterer Herr mit Gummihandschuhen, Eimer und Lappen kommt raus und vollendet seinen Satz nicht. Er hebt freundlich seine Mütze, ***„Moin“,*** und setzt sich auf einen quietschenden verwitterten Klappstuhl neben dem Tisch mit dem Kleingeld. ***„Oma, mir ist kalt“,*** beschwert sich das Kind zu Recht. Ich honoriere das saubere Örtchen hastig mit einem Euro und helfe Timmy schnell wieder in seine Jacke.

MORD! Aha! Nicht nur ich denke also, dass es kein Unfall war. Und wenn das stimmen sollte, dann steht der Mörder in diesem Moment in einer Bude und reicht Marktbesuchern unschuldig einen Holzengel oder einen Crêpe oder einen viel zu heißen Kakao, oder …

WEN VERDÄCHTIGT DIE KLOSTIMME?

HINWEIS: Der lausige „Neue“, der hier nicht hinpasst

WE ARE THE
CHAMPIGNONS

02 WE ARE THE CHAMPIGNONS

„We are the Champignons." Selbstbewusst sind sie ja, diese Pilze, die da so vielversprechend duftend in Sahnesoße ertrinken. Die Dame, die sie uns fröhlich kredenzt, heißt Louise. Als Marketing-Gag trägt sie einen Hut in Form eines Pilzes, der bei jeder ihrer hektischen Bewegungen wackelt. An wen erinnert sie mich bloß? ***„Der Weihnachtsmann ist WAS?",*** wackelt der Hut. ***„Den gibt es nicht mehr!",*** wiederholt mein Enkel energisch. ***„NEIN!" – „DOCH!" – „OHHHH!"*** Ach, jetzt weiß ich, an wen sie mich erinnert, an diesen französischen Schauspie… Ich schiebe meine Gedanken beiseite und beteilige mich am Gespräch: ***„Er wurde eben neben seinem Sessel gefunden."***

Ich bin mir nicht sicher, ob Frau Wackelhut wirklich noch nichts davon weiß oder nur vor dem Kind so tut als ob. ***„Mon dieu!"*** Der Hut knickt für einen Moment traurig zur Seite. Louise schaut zum Kind und schüttelt besorgt den Kopf, wackelwackel. ***„Du weißt aber schon, dass das nicht der echte war?"*** Wenn heute schon jemand sterben muss, dann wenigstens nicht der Glaube an den Weihnachtsmann. ***„Klaro",*** nickt Timmy. Mich packt die Neugier: ***„Und Sie und Klaus, Sie kannten sich gu…?" – „Kaum",*** unterbricht sie mich forsch und spricht im nächsten Moment wieder übertrieben freundlich weiter, ***„unsere Stände könnten ja nicht weiter voneinander entfernt sein."***

Ich kratze die restlichen Früchte ihrer Arbeit aus dem Pappteller und wische mir das Fett aus den Mundwinkeln. Köstlicher, als es die Gendarmerie erlaubt. Die merkwürdige Louise beugt

sich wackelnden Hutes zum Kind hinab und trällert: ***„Warst du denn eigentlich schon Schlittschuh laufen?“*** Autsch. Voll in die kindliche Achillesferse. Vor Timmys erstem Weihnachtsmarktbesuch hat er sich wahnsinnig auf das Schlittschuhlaufen gefreut, und als wir davorstanden, hat er sich nicht getraut. ***„Ne, das ist doch lahm“,*** flunkert das Kind. Louise hat nicht nur ein Händchen für Pilze mit Sahne, sondern auch dafür, wie man ein Gespräch elegant in eine andere Richtung lenkt. ***„Und am Nordpol? Warst du schon mal dort?“ – „Nee.“ – „Dann weißt du wohl auch gar nicht, wie man im Weihnachtsdorf von A nach B kommt, oder?“*** Das Kind grübelt: ***„Mit einem Uber?“*** Während ich noch überlege, was ein Uber ist, löst sie ihr Rätsel auf: ***„Non, man reitet auf Elfen.“*** Die Kinderaugen werden groß. ***„NEIN!“ – „DOCH!“ – „OHHHH!“*** Timmy wird misstrauisch. ***„Wirklich?“ – „Schau doch mal da drüben.“*** Das Kind japst nach Luft und greift meine Hand: ***„Elfenreiteeen!“*** Louise winkt uns zum Abschied, was den Hut erneut völlig albern in Wallungen versetzt. Ich werde das Gefühl nicht los, dass hinter der freundlichen Fassade noch mehr brodelt als nur die Sahnesoße.

WOHIN STEUERT DAS KIND?

HINWEIS: Wer tapert da durch Nacht und Wind?
Es ist ein Elf, auf dem Rücken ein Kind.

LAUSIG BOWLS
VEGANE BOWLS
7€
SALAT 6€
• Bescherung
• Advent
• Heilige Nacht
• Schlemerei
• Schmaus

06 LAUSIG BOWLS

Wie verkaufe ich es dem Kind, dass wir jetzt bei diesem Gemüsestand bestellen? Ich will den Typen unbedingt in ein Gespräch verwickeln. ***„Was, du hast noch nie von Weihnachtsbowls gehört?“***, frage ich ganz verwundert. ***„Als ich Kind war, waren wir verrückt nach Weihnachtsbowls.“***

Ich bestelle ein Gericht mit dem Namen ***„Freshe Bescherung“***. Wir bekommen eine Bowl mit Reis. Es sind knackige und gesunde Zutaten drauf, die null nach Weihnachten schmecken, aber immerhin weihnachtlich angeordnet sind. Paprikastreifen stellen eine Nikolausmütze dar. Der Bommel ist ein Stück roher Blumenkohl. Mhm. Freundlich deutet der Bowl-Verkäufer Niko Lausig auf den Streuer mit Zimt. ***„Für eine Prise mehr Weihnachten.“ – „Ist heute auch nötig“***, sage ich, gucke zum mittlerweile abgesperrten Weihnachtsmannsessel und bin gespannt auf Herrn Lausigs Reaktion.

Er nickt betroffen, während er mit schwarzen Einweghandschuhen einen Weihnachtsbaum aus Gurkenschale auf Bulgur bettet. ***„Waren Sie befreundet?“***, frage ich mitfühlend. ***„Das nicht … ich habe meinen Stand erst seit dieser Saison. Ganz fresh also. Aber ich bin sicher, er war ein ganz ausgezeichneter Dude. Einmal kam er rüber und hat sich dafür interessiert,***

ob meine Gerichte bio sind und ob es für mich gut läuft. Ehrenmann. Schon traurig, dieser leere Sessel, und keine Kinder mehr, die aufgeregt davor Schlange stehen."

Wie ein Mörder klingt Niko nicht gerade. Andererseits: Wie klingt denn ein Mörder? *„Ich mag gar nicht dran denken, wie das für die anderen ist, die hier all die Jahre Seite an Seite mit Klaus jeden Weihnachtsmarkt gestemmt haben."*

Er seufzt. *„Und wer mir besonders leidtut, ist Jacques. Der ist jetzt bestimmt total down und depri. Nur wenige Minuten vor dem Unglück waren seine letzten Worte zu Klaus ‚Hau ab, Kretin'."* Er seufzt erneut. *„Jacques?"*, frage ich. *„Ja, er macht französische Pancakes. Keine Ahnung, warum er seine Pfannkuchen nicht Pancakes nennt wie jeder andere auch. Wahrscheinlich so ein Mode-Ding."*

WER IST DER UNFREUNDLICHE STANDBETREIBER?

HINWEIS:
Französische Pancakes

Brettchen, die die Welt bedeuten
Hier haust Familie Meier
Ohne Frühstück – ohne mich!
VfL for ever
20

20 BRETTCHEN, DIE DIE WELT BEDEUTEN

Ein warmer Holzgeruch liegt in der Luft. Interessiert bestaunen das Kind und ich die vielen Holzlöffel, Brettchen und Schilder. ***„Ohne Frühstück – ohne mich!", „VfL 4 ever", „Hier haust Familie Meier" …*** Fast könnte ich vergessen, warum wir eigentlich hier sind. Aber nur fast. Pro forma frage ich Timmy, was er sich auf ein Brettchen gravieren lassen würde. ***„Ninja-Laser-Nutria!",*** strahlt das Kind. ***„Und etwas Weihnachtliches?" – „Ninja-Laser-Nutria mit Weihnachtsmütze!"*** Bevor der Standbetreiber fragen kann, was das sein soll, spiele ich einmal mehr die ‚Nette-naive-Oma-Karte'. ***„Hach, wie schade um den Weihnachtsmann!"*** Einmal mehr treffe ich den Nerv. ***„Der arme Klaus!",*** japst Burkhard, der Brettchenmann, den Tränen nahe. ***„Dabei hab ich sein Schild just am Morgen des Unglückstages fertig gehabt. Schön ist es geworden. So eine Verschwendung!" – „Darf ich sehen?",*** versuche ich, nicht zu aufgeregt zu klingen. Er nickt. ***„Moment. Wo hab ich es? Manchmal bin ich schusselig, dann sehe ich das Brettchen vor lauter Holz nicht."***
Er hält kurz inne und wartet, bis ich darüber schmunzele. Sicher hat er den Gassenfeger nicht zum ersten Mal zum Besten gegeben. Aber heute tut er das nicht, um gute Laune zu verbreiten, sondern um seine Trauer zu überspielen. ***„Hihi, verstehe. Holz, Brettchen, wie beim Baum und dem Wald. Ulkig, haha",*** erlöse ich ihn. Endlich. Er hält ein in ein blutrotes Tuch gewickeltes Brett. ***„Ist das letzte im Lager. Ach, Klaus … Und bezahlen wird er auch nicht mehr."***

Dem Mann kommen Tränen, er greift nach dem Pausenschild, stellt es auf und verdrückt sich schniefend nach hinten. Klaus' Schild liegt eingewickelt vor mir. Gut. Ich lasse es mir nicht nehmen, es kurz aufzu... Hm? Plötzlich steigt mir ein starker Duft von Kinderschokolade in die Nase. Ich drehe mich um. Nichts. Und der Duft ist auch so schnell verschwunden, wie er gekommen ist. Oder habe ich ihn mir eingebildet? Ich widme mich wieder dem Tuch. Jetzt werden die großen Pläne enthüllt. Ist es das letzte Puzzleteil in diesem Fall? Ich halte die Luft an und schlage das Tuch auf. Es offenbart sich mir die mit meisterhaft geführtem Lötkolben eingebrannte Botschaft: ***„Strick dich ins Knie!“*** In geschwungenen Lettern steht es da. Hmm? Was wollte Klaus denn DAMIT? Wie am großen Zeh im Leichenkühlraum baumelt da noch ein kleiner Zettel mit einer Rechnung am Brettchen. Aha. Wie vermutet ist sie nicht auf Klaus ausgestellt. Das hat der Burkhard wohl verschusselt, und Klaus' Schild hat wohl jemand anderes bekommen.

WO VERMUTEN WIR DAS SCHILD?

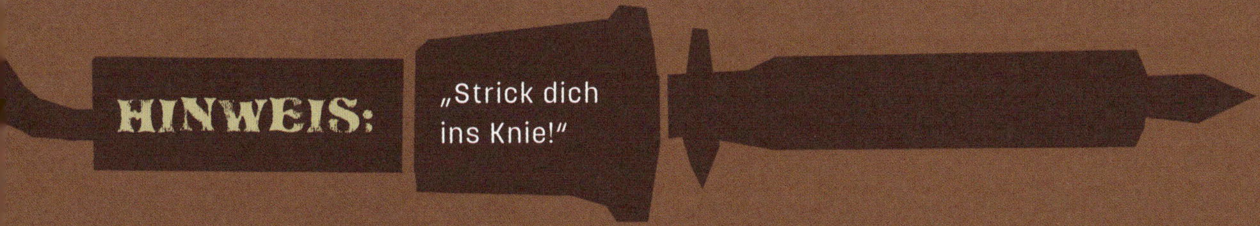

FLAMMKUCHEN

13 FLAMMKUCHEN

Der Duft von Flammkuchen benebelt meine Sinne. Während ich bestelle und beiläufig nach Weihnachtsmann Klaus frage, komme ich mit dem Standbetreiber schneller ins Gespräch als gedacht. ***„Wenn der Klaus beim Günni war, dann wusste man das. Der hatte ein Organ wie eine Lkw-Hupe“,*** stellt Kai, der Bäcker, fest. Er ist sichtlich sauer bei dem Gedanken und stochert kräftig mit dem massiven Schieber im glühenden Holzkohleofen. ***„Die Kunden wollen hier besinnlich ihren Flammkuchen genießen, und von da drüben grölt regelmäßig der besoffene Weihnachtsmann was von seinen Zukunftsplänen. Na ja, ich hätte es ihm trotzdem gegönnt, dem armen Irren.“*** Kai reicht Timmy seinen Flammkuchen. ***„Aber wir hatten kein schlechtes Verhältnis, weil wir nämlich beide Freunde der klaren Worte waren.“ – „Haben Sie ihn auch mit direkten Worten nach seinen Zukunftsplänen gefragt?“*** Während ich diese Frage stelle, schlendert Timmy zum Glück außer Hörweite und mampft Flammkuchen.

„Ob er mal die Schnauze halten könne, habe ich ihn gefragt! Und ob er den Arsch offen habe, hab ich mich erkundigt! Meine Gäste wollen besinnlich Flammkuchen essen, du Sackgesicht, hab ich ihn informiert!“ – „Oh, danach hat er bestimmt den Mund gehalten, oder?“, frage ich ironisch. ***„Er hat mir vorgeschlagen, ich Schweinepriester möge mir meinen Schieber quer in den …“ – „Ich verstehe, aber von seinen Plänen hat er nichts gesagt?“,*** unterbreche ich die pikanten Ausführungen und bin beruhigt, dass Timmy es nicht mitbekommt.

„Ich hab dem Saufkopp gar nicht mehr zugehört und ihm gesagt, dass seine Pläne ein großer Haufen Rentierkacke mit nix dahinter seien. Darauf meinte er, dass ich ein Furzgesicht sei und schon sehen werde, wie ernst es ihm wäre. Dann ist er rüber zu Burkhard und hat gelallt: ‚Ich bestelle jetzt und hier bei dir ein Schild …' Mehr habe ich nicht mitbekommen." Ich blicke zum Brettchenstand, doch da ist niemand. Nur ein wunderschön kalligrafiertes Schild ***„Pause – bin bald wieder da"***. Plötzlich dringt eine Stimme mit französischem Akzent von der Seite und viel zu nah in mein Ohr: ***„Hat Ihnen jemand schon einmal gesagt, dass Sie viel zu neugierig sind, Madame?"*** Bevor ich antworten kann, spricht er weiter: ***„Zwei Flammkuchen nach Elsässer Art, bitte!" – „Für deine Schwester wieder mit Champignons?" – „Hm, hat sie nichts von gesagt. Ach, tut sie sich zur Not selbst drauf."*** Jacques steht neben mir.

Begeistert ruft das Kind: ***„Oma, guck mal! Damit haben wir doch im Herbst gebastelt! Kann man die echt essen?"***

WOHIN GEHT ES ALS NÄCHSTES?

HINWEIS: Damit haben wir im Herbst gebastelt!

UTES
SPIELKISTE
POW
Wundertüte

11 SPIELZEUGSTAND

Am Spielzeugstand angekommen, beginnt Timmy gleich damit, die verschiedenen Ninja-Laser-Nutria-Stofftiere auf ihre Geburtstagsgeschenk-Tauglichkeit hin zu prüfen. Ich selbst verliere mich in Grübeleien, während mein Blick am nahe gelegenen Weihnachtsmann-Stand festfriert. Der Ort, an dem der Weihnachtsmann gestern in der roten Glühwein-Lache gefunden wurde. Tot. ***„Eine Tragödie, nicht wahr? Sie haben doch sicher auch davon gehört, oder?“***, fragt mich Ute, die Standbetreiberin. ***„Ich? Ja, so am Rande, das stand ja heute Morgen in der Zeitung“***, antworte ich taktisch zurückhaltend.

„Mein herzliches Beileid“, füge ich höflich hinzu, ***„sicher standen Sie sich sehr nah, so als Standnachbarn.“*** Sie schaut ergriffen rüber, fasst an ihr Herz, atmet tief durch und blickt mich lange Sekunden wortlos an. Für meinen Geschmack eine Schippe zu viel Theatralik. ***„Wissen Sie, der Klaus war so ein netter Kerl. Der war immer da, wenn man ihn …“***

Plötzlich kommt eine Stimme irgendwo aus dem Stand. ***„Boah ey, cringe! Tu doch nicht so! Nervt brutal. Klaus war für dich genau so lange nett, wie ihr den Deal hattet!“***
Jule, Utes Tochter, verdreht die Augen. Mit ihren türkis gefärbten Haaren und dem bunten Outfit mit viel Plüschanteil ist sie mir zwischen den ganzen Kuscheltieren gar nicht aufgefallen.

Bis eben starrte sie noch regungslos auf ihr Handy, aber scheinbar ist sie nun zu genervt von ihrer Mutter, um länger zu schweigen. So brutal genervt, dass die Teenagerin mir wertvolle Informationen entgegenrebelliert: ***„Der alte weiße Mann hat meiner Mutter verraten, was sich die Kinder wünschen. Hat kauffreudige Eltern auch immer schön hergeschickt, um dafür Provision zu bekommen. Fette Kooperation."*** – ***„Bist du wohl still?!"***, zischt Ute scharf, aber hilflos. ***„Ist doch wahr, Digger! Als er dir gesteckt hat, dass er die Weihnachtsmütze an den Nagel hängen will, warst du auf einmal kein Fan mehr und wolltest, dass ihr euch wieder siezt. Mega peinlich."*** Ertappt lässt Ute das Standrollo runterrauschen. Klappe zu. Keine weiteren Infos. Kein Kuschel-Nutria. Mist. Blöd gelaufen. ***„Timmy, bestimmt finden wir noch etwas anderes Tolles."*** Er nickt traurig. Wir schlendern los, vorbei am Weihnachtssessel, auf dem mittlerweile irgendein neuer Typ in Weihnachtskluft und mit Kippe im Mundwinkel sitzt. Da haben sie aber schnell Ersatz gefunden. Vorbei an Niko Lausig, dann ausgerechnet an der Eisbahn, und plötzlich fällt mir ein Stand ins Auge. Hä, träume ich? Waren wir hier nicht schon einmal? Das ist doch der gleiche Stand in Grün. Den schauen wir uns mal an.

VON WELCHEM STAND GIBT ES ZWEI?

HINWEIS: Der gleiche Stand in Grün!

Glasbläserei
Feuer&Flamme
GLÜCKS-
SCHERBE
8€

08 GLASBLÄSEREI

Nachdem ich dem Kind vorgeschwärmt habe, dass man hier sehen kann, wie Glasfiguren gemacht werden, ist es Feuer und Flamme. Es zieht mich an der Hand, damit wir schneller gehen. Der Stand wird von Jürgen betrieben. Jürgen hält die Fackel des Handwerks noch hoch und zaubert mit dem Gasbrenner wunderschöne Kunstwerke. Die 1500 Grad heiße Flamme lässt das Glas schmelzen und hüllt den ganzen Stand in ein beeindruckendes Licht. Routiniert zieht und dreht Jürgen die Glasmasse, während Timmy mit großen Augen zuschaut. Ich frage sehr laut und deutlich: ***„Na, Timmy, wünschst du dir Christbaumkugeln vom WEIHNACHTSMANN?“ – „Nö“,*** antwortet das Kind einsilbig. ***„Na, dann müssen wir den WEIHNACHTSMANN mal fragen, ob der welche hat“,*** ignoriere ich gekonnt seine Antwort. Der Standbetreiber zeigt keine Reaktion. Mist. Ich schaue über den Stand, und da fällt mir auf, was eigentlich kaum zu übersehen ist. Nur die Hälfte der Regale ist mit Waren gefüllt. Die linke Seite sieht aus, als wenn ein Elefant eigentlich einen Porzellanladen gesucht hätte und sich hier bei Jürgen dann dachte: ***„Och, nehm ich auch.“*** Nur eine Schüssel mit zusammengekehrten Überresten und einem Schild ***„Glücksscherbe 8 €“*** steht da. ***„Was ist denn hier passiert?“,*** möchte ich ehrlich wissen. Jürgen schaut über seine Schutzbrille: ***„Da ist mir der Weihnachtsmann reingerauscht.“ – „Reingerauscht?“,*** wiederhole ich verwundert. ***„Ja, im Glühweinrausch reingerauscht, der olle Klaus.“*** Ich bin überrascht und anscheinend auf einer 1500 Grad heißen Spur. Ganz nebenher nehme ich eine der unversehrten Kugeln in die Hand. ***„Ein schönes Motiv ist das“,*** bemerke ich beiläufig. ***„Wie bitte?“,*** fragt Jürgen mit

einer leichten, fast unmerklichen Spur von Empörung in der Stimme. ***„Na, der Weihnachtsmann. Hier auf der Kugel. Ein schön gemaltes Motiv"***, lächle ich unschuldig. Jürgen lächelt zurück.

„Ich verstehe schon, aber solche Unfälle passieren, und mit den Glücksscherben verdiene ich gut. Ich sollte Klaus, Gott hab ihn selig, dankbar sein. Halb so schlimm. Günni hat sofort mit angepackt und den Stand repariert." – „Glühwein-Günni?", hake ich nach. ***„Ja, der ist so was wie der Markt-Hausmeister." – „Was Sie nicht sagen." – „Der hat zwar zwei linke Hände, und ich werde noch einen echten Handwerker kommen lassen müssen, aber erst mal hält das wohl. Aber wenn Sie eine Vorliebe für Motive haben, dann schauen Sie doch mal bei dem feinen Kerl vorbei, der mir die Idee mit den zu Bruch gegangenen Waren gleich geklaut hat."***

WER HAT SICH VON JÜRGEN INSPIRIEREN LASSEN?

HINWEIS:

zu Bruch gegangene Ware

Elfentanz

03 Karussell Elfentanz

Vielleicht habe ich in letzter Zeit zu viele True-Crime-Podcasts gehört, aber irgendwie lässt mich der Gedanke nicht los, dass es kein Unfall war. Und ich habe den Verdacht, dass das Budenpersonal mehr weiß, als es zugeben will.

Plötzlich schreit ein Kind aus voller Kehle: ***„Mord! – Mord! – Mord! …“*** Ich zucke zusammen, aber Timmy stimmt sofort mit ein: ***„… ♪ wir haben Mord-, Mord-, Mordsspaß mit Ninja-Laser-Nutria ♪ …“*** Einen Moment bin ich verwirrt, doch dann wird mir klar: Das ist der Song von Timmys Lieblings-Zeichentrickserie mit diesem nervigen Nager. ***„Hey, hey … wunderbar, hey, hey, Nutria, hey, hey, Ninja-Laser trallala.“***

Das fremde Mädchen und Timmy sind sofort in komplizierte Fachgespräche über Laserkanonen vertieft, schwingen sich lässig, wie im Western, auf die Karussell-Elfen und reiten der Sonne entgegen. Mit mir zurückgelassen sind Gudrun und Sven, die Eltern der kleinen Laser-Nutria-Expertin. Sie grinsen wie zwei Honigkuchen-Elfen zu mir rüber. ***„Unsere Matilda liebt ja dieses Nutria. Wussten Sie, dass diese possierlichen Nager in Südamerika beheimatet sind und zu den invasiven Arten zählen? Myocastor coypus.“***

Bevor ich mir also die Todesursache von Klaus noch mal durch den Kopf gehen lassen kann, muss ich wohl mit den zwei Grünkernbratlingen über Biberratten sprechen. Gudrun sieht aus, als würde sie gesunde Plätzchen backen. Ohne Zucker, nur mit ein bisschen Honig gesüßt.

Von gebrannten Mandeln, klebrig süßen Getränken und Crêpes mit Kinderschokolade werden die beiden sich und ihre Matilda bestimmt fernhalten. Aber Ahnung scheinen die beiden zu haben. Sie erzählen mir von der Handwerkskunst des historischen Karussells, vor dem wir stehen, und ich erfahre, dass drei der Elfen Hansi, Alex und Meteor heißen. Wieder was gelernt. Bringt mich nur kein Stück weiter im Fall „Klaus". Inzwischen sind die zwei Kinder wieder heimgeritten und steigen glücklich ab.

„Hach, jetzt was Süßes mit zu viel Zucker, oder, Timmy?", frage ich in aller Deutlichkeit, worauf Gudrun erwartungsgemäß reagiert: ***„Eigentlich essen wir ja kaum Zucker."*** Sven ergänzt: ***„Ich backe sogar Plätzchen ohne Zucker. Nur etwas Honig reicht zum Süßen."*** Haha, mein bittersüßer Plan ist aufge… ***„Aber heute machen wir eine Ausnahme. Ist ja ein besonderer Anlass."*** Matilda bekommt große Augen und nimmt eine Siegerpose ein.

Gudrun lässt es sich nicht nehmen, vorher noch ein bisschen Allgemeinwissen abzufragen: ***„Wenn ihr wisst, wie die Hauptstadt von Tennessee in den USA heißt, wisst ihr, wo wir jetzt hingehen."***

WO WIRD GLEICH GENASCHT?

HINWEIS:

Hauptstadt von Tennessee

WEIHNACHTSMANN MIT NUSS ERMORDET

Der Ossenbrügger Weihnachtsmarkt kommt nicht zur Ruhe. Nachdem immer mehr Details zu den Umständen des Todes von Klaus S. zum Vorschein kamen, steht es nun fest: **Der Weihnachtsmann wurde kaltblütig ermordet!** Doch nicht etwa der Polizei haben wir diese schaurige Erkenntnis zu verdanken, sondern einer aufmerksamen Ossenbrüggerin und ihrem Enkel. Uns gegenüber sagte sie, dass es ihre True-Crime-Podcast-Affinität gewesen sei, die sie dazu gebracht habe, zu ermitteln. Trotz polizeilicher Belehrung, dass alles, was Gerda F. sagen würde, gegen sie verwendet werden könnte, legte die Markt-Mörderin noch bei ihrer Festnahme ein umfangreiches Geständnis ab. Sie habe die Tat am Abend zuvor, nach einem Streit mit Klaus S., geplant. Sie wusste, dass das Opfer mit einem mindestens halbleeren Glühweinbecher ihres Konkurrenten und Ex-Mannes Günni H. an ihrem Stand vorbeikommen würde. Fest davon überzeugt, dass dieser Becher von ihr ablenken würde, schenkte sie dem Opfer großzügig zur Versöhnung in genau diesen Becher nach. Und zwar gezielt mit ihrer Nuss-Glühwein-Spezialität „Haselmaus“, wohl wissend, dass Klaus S. schwerer Allergiker war. Zufälliger Zeuge des Einschenkens war ein weiterer Standbetreiber, der gegenüber der Polizei anstelle einer Aussage französische Flüche zu Protokoll gab. Aus seinen wirren Rufen lässt sich herauslesen, dass er nicht an dem Mord beteiligt war. Doch es wird angenommen, dass er versucht habe, die Tat zu vertuschen, nachdem er aus dem Tod des Weihnachtsmanns schloss, dass Gerda F. diesen vergiftet habe. Außerdem versuchte er die Polizisten daran zu hindern, Gerda F. abzuführen. „Ich werde auf dich warten, mon amour!“, waren seine letzten Worte, bevor ihn die Autotür des Polizeiwagens mit einem lauten Knall von seiner Angebeteten trennte.

„Die vorsätzliche, grausame und heimtückische Tat geschah aus einem niederen Beweggrund“, so ein Polizeisprecher. Der Markt-Weihnachtsmann starb an einem anaphylaktischen Schock, weil er einen Glühweinstand eröffnen wollte und Gerda F. mit Konkurrenz rechnete. Womit sie nicht rechnete, war die pfiffige Seniorin. Die Miss Marple vom Weihnachtsmarkt, wie sie jetzt von vielen hier genannt wird, musste mehr als nur eins und eins zusammenzählen, bis sie die Hinweise, die Spuren von Nüssen enthielten,

zusammensetzen konnte. Für eine True-Crime-Podcast-Karriere stehen ihr nun alle Türchen offen.

UND NUN?

ZURÜCKLEHNEN UND DIE WEIHNACHTSTAGE GENIESSEN!

Olga Hopfauf u. Stephan Baumgarten

Olga Hopfauf und Stephan Baumgarten arbeiten als freiberufliche Illustratoren und Cartoonisten. Die zwei leben und arbeiten zusammen im schönen Osnabrück.

Außerdem inszenieren sie Theaterstücke im ersten unordentlichen Zimmertheater Osnabrück, verlegen Bücher oder entwickeln Spiele. Auf Social Media sind sie als „Einhornkotze" zu finden. Mehr Infos auf **baumhopf.com**

1. Auflage 2023

– Originalausgabe –

ISBN 978-3-8303-2125-5

© 2023 Lappan Verlag in der Carlsen Verlag GmbH
Völckersstraße 14–20, 22765 Hamburg

Alle Rechte vorbehalten. Das Werk darf – auch teilweise – nur mit Genehmigung des Verlags wiedergegeben werden.

Rechtlicher Hinweis § 44b UrhG:
Wir behalten uns eine Nutzung der von uns veröffentlichten Werke für Text und Data Mining im Sinne von § 44b UrhG ausdrücklich vor.

Texte und Illustrationen:
Olga Hopfauf und Stephan Baumgarten

Lektorat: Olena Klejman und Jana Legal
Herstellung: Ulrike Boekhoff

Triff uns auf **facebook.com/lappanverlag**
und auf **instagram.com/lappanverlag**
www.lappan.de
www.lappankalender.de

Wir produzieren nachhaltig
- Klimaneutrales Produkt
- Papiere aus nachhaltigen und kontrollierten Quellen
- Hergestellt in Europa

FSC www.fsc.org
MIX
Papier | Fördert gute Waldnutzung
FSC® C018236

MARONEN
RÄUCHERMENSCHEN
GLÜHWEIN
FLAMMKUCHEN
BRETTCHEN
CHAMPIGNONS
FRITTEN
KARUSSELL
WC
STOLLEN
HONIG